사랑하였으므로 행복하였네라

국립중앙도서관 출판시도서목록(CIP)

사랑하였으므로 행복하였네라 / 지은이: 유치환. -- 양평군 :
시인생각, 2013
  p. ; cm. -- (한국대표명시선 100)

"유치환 연보" 수록
ISBN 978-89-98047-75-7 03810 : ₩6000

한국시[韓國詩]

811.62-KDC5
895.714-DDC21 CIP2013012189

한 국 대 표
명 시 선

1 0 0

유 치 환

사랑하였으므로 행복하였네라

시인생각

■ 서序

이 시는 나의 출혈이오 발한이옵니다. 그렇기에 뉘가 내 앞에서 나의 시를 운위함을 들을 적엔 의복 속의 피부를 들추어들 보고 말성하듯 나는 불쾌함을 금치 못하옵니다.

그러므로 가다오다 이 책을 보게 되시는 분은 어느 가장 무료한 마음과 일의 틈을 타서 가만히 읽으시고 가만히 덮으시고 가만히 느껴주시기를 바라옵니다.

항상 시를 지니고 시를 앓고 시를 생각함은 얼마나 외로웁고 괴로운 노릇이오며 또한 얼마나 높은 자랑이오리까.

이 자랑이 없고

시를 쓰고 지우고, 지우고 또 쓰는 동안에 절로 내 몸과 마음이 어질어지고 깨끗이 가지게 됨이 없었던들 어찌 나는 오늘까지 이를 받들어 왔사오리까.

시인이 되기 전에 한 사람이 되리라는 이 쉬웁고 얼마 안 된 말이 내게는 갈수록 감당하기 어려움을 깊이깊이 뉘우쳐 깨달으옵니다.

그러나 드디어 시 쓰기를 병인 양 벗어버려도 나를 자랑할 날이 앞으로 반드시 있기를 스스로 기약하옵니다.

오늘 불쌍한 생애에 있는 오직 하나의 가까운 혈육을 위하여서만으로도 길가의 신기리가 되려는 그러한 굳고 깨끗한 마음성을 가지기를 나는 소망하오니 어느 때 어느 자리에다 제 몸을 두어도 오직 그의 가질 바 몸짓과 마음의 푸른 하늘만은 아끼고 잊지 않는다면 우리는 어찌 인류에 절망하오리까.

　　끝으로 이 책이 나오기까지 무척 애써주시고 기다려주신 몇몇 고마운 우의를 나는 여기에 말하지 않고 오직 마음으로 간직하고 있나이다.

정묘(1939) 모춘暮春

유 치 환

．

〈시집 『청마시초靑馬詩抄』(1939. 12.20) 서문에서〉

■ 차 례 ─────── 사랑하였으므로 행복하였네라

1

그리움

오늘은 바람이 불고
나의 마음은 울고 있다
일찍이 너와 거닐고 바라보던 그 하늘 아래 거리언마는
아무리 찾으려도 없는 얼굴이여
바람 센 오늘은 더욱 너 그리워
진종일 헛되이 나의 마음은
공중의 깃발처럼 울고만 있나니
오오 너는 어디메 꽃같이 숨었느뇨

행복

──사랑하는 것은
사랑을 받느니보다 행복하나니라
오늘도 나는
에메랄드빛 하늘이 환히 내다뵈는
우체국 창문 앞에 와서 너에게 편지를 쓴다

행길을 향한 문으로 숱한 사람들이
제각기 한 가지씩 생각에 족한 얼굴로 와선
총총히 우표를 사고 전보지를 받고
먼 고향으로 또는 그리운 사람께로
슬프고 즐겁고 다정한 사연들을 보내나니

세상의 고달픈 바람결에 시달리고 나부끼어
더욱더 의지 삼고 피어 헝클어진 인정의 꽃밭에서
너와 나의 애틋한 연분도
한 망울 연연한 진홍빛 양귀비꽃인지도 모른다

──사랑하는 것은
사랑을 받느니보다 행복하나니라
오늘도 나는 너에게 편지를 쓰나니

──그리운 이여 그러면 안녕
설령 이것이 이 세상 마지막 인사가 될지라도
사랑하였으므로 나는 진정 행복하였네라

뜨거운 노래는 땅에 묻는다

고독은 욕되지 않으다.
견디는 이의 값진 영광.

겨울의 숲으로 오니
그렇게 요조窈窕턴 빛깔도
설레이던 몸짓들도
깡그리 거두어 간 기술사奇術師의 모자.
앙상한 공허만이
먼 한천寒天 끝까지 잇닿아 있어
차라리
마음 고독한 자의 거닐기에 좋아라.

진실로 참되고 옳음이
죽어지고 숨어야 하는 이 계절엔
나의 뜨거운 노래는
여기 언 땅에 깊이 묻으리.

아아 나의 이름은 나의 노래.
목숨보다 귀하고 높은 것.
마침내 비굴한 목숨은

눈을 에이고 땅바닥 옥에
무쇠 연자를 돌릴지라도
나의 노래는
비도非道를 치레하기에 앗기지는 않으리.

들어 보라.
이 거짓의 거리에서 물결쳐 오는
뭇 구호와 빈 찬양의 헛된 울림을
모두가 영혼을 팔아 예복을 입고
소리 맞춰 목청 뽑을지라도

여기 진실은 고독히
뜨거운 노래를 땅에 묻는다.

생명의 서書 일장一章

나의 지식이 독한 회의를 구하지 못하고
내 또한 삶의 애증을 다 짐 지지 못하여
병든 나무처럼 생명이 부대낄 때
저 머나먼 아라비아의 사막으로 나는 가자

거기는 한 번 뜬 백일白日이 불사신같이 작열하고
일체가 모래 속에 사멸한 영겁의 허적虛寂에
오직 알라—의 신만이
밤마다 고민하고 방황하는 열사의 끝.

그 열렬한 고독 가운데
옷자락을 나부끼고 호올로 서면
운명처럼 반드시 나와 대면케 될지니.
하여 '나'란 나의 생명이란
그 원시의 본연한 자태를 다시 배우지 못하거든
차라리 나는 어느 사구砂丘에 회한 없는 백골을 쪼이리라.

바위

내 죽으면 한 개 바위가 되리라.
아예 애련愛憐에 물들지 않고
희로喜怒에 움직이지 않고
비와 바람에 깎이는 대로
억년 비정非情의 함묵緘默에
안으로 안으로만 채찍질하여
드디어 생명도 망각하고
흐르는 구름
머언 원뢰遠雷
꿈꾸어도 노래하지 않고
두 쪽으로 깨뜨려져도
소리하지 않는 바위가 되리라.

깃발

이것은 소리 없는 아우성
저 푸른 해원海原을 향하여 흔드는
영원한 노스탤지어의 손수건
순정은 물결같이 바람에 나부끼고
오로지 맑고 곧은 이념의 푯대 끝에
애수는 백로처럼 날개를 펴다
아아 누구던가
이렇게 슬프고도 애달픈 마음을
맨 처음 공중에 달 줄을 안 그는

해바라기 밭으로 가려오

해바라기 밭으로 가려오.
해바라기 밭 해바라기들 새에 서서
나도 해바라기가 되려오.

황금 사자獅子 나룻
오만한 왕후王侯의 몸매로
진종일 짝소리 없이

삼복의 염천炎天을 노리고 서서
눈부시어 요뇨嫋嫋히 호접胡蝶도 못 오는 백주白晝!
한 점 회의도 감상도 용납지 않는
그 불령不逞스런 의지의 바다의 한 분신이 되려오.

해바라기 밭으로 가려오.
해바라기 밭으로 가서
해바라기가 되어 섰으려오.

뉘가 이 기를 들어 높이 퍼득이게 할 것이냐

듣거라
진실로 시방 이때이다.
이날을 놓친다면
만 번을 뉘우쳐 죽더라도 미치지 못하리니

보라
이웃이 이웃을 믿지 않고
형제가 형제를 죽이매
물로 가면 목메어 목메어 우는 여울물 소리
들로 가면 솔바람 통곡소리
그러나 이제는
여울도 마르고
산천에 초목도 다 마르고
짐승마저 깃을 거둬 자취를 감추거늘
나라도 인류도 이대로 망할까 보냐

시방 이때이다
슬픔에 죽어가는 형제를 붙들어 일으키고
악한 자는 눈물로서 마음 돌이켜
이웃과 이웃

사람과 사람이 일월日月처럼 의지할 때는 이때이니
그렇지 아니한들
강팍한 자여 너희도
겨울 동산에 홀로 남은 이리처럼 고독히 죽고
새벽하늘에 별빛 쓰러지듯
쓰러진 나라 위에 다시 나라가 쓰러지고
드디어 인류는 속절없이 멸망하리니

진실로 시방 이때이다
이 모질고 슬픈 인류의 마음을
햇빛같이 깨우칠 기를
높이 높이 들어 퍼득일 때는

낙화

돌돌돌 가랑잎을 밀치고
어느덧 실개울이 흐르기 시작한 뒷골짝에
멧비둘기 종일을 구구구 울고
동백꽃 피 뱉고 떨어지는 뜨락

창을 열면
우윳빛 구름 하나 떠 있는 항구에선
언제라도 네가 올 수 있는 뱃고동이
오늘도 아니 오더라고
목이 찢어지게 알려오노니

오라 어서 오라
행길을 가도 훈훈한 바람결이 꼬옥
향긋한 네 살결 냄새가 나는구나
네 머리칼이 얼굴을 간질이는구나

오라 어서 오라
나의 기다림도 정녕 한이 있겠거니
그때사 네가 온들
빈 창밖엔
멧비둘기만 구구구 울고
뜰에는 나의 뱉고 간 피의 낙화!

수선화

몇 떨기 수선화—
가난한 내 방 한편에 그윽이 피어
그 청초한 자태는 한없는 정적을 서리우고
숙취의 아침 거칠은 내 심사를 아프게도 어루만지나니
오오 수선화여
어디까지 은근히 은근히 피었으련가
지금 거리에는
하늘은 음산히 흐리고
땅은 돌같이 얼어붙고
한풍寒風은 살을 베고
파리한 사람들은 말없이 웅크리고 오가거늘
이 치웁고 낡은 현실의 어디에서
수선화여 나는
그 맑고도 고요한 너의 탄생을 믿었으료

그러나 확실히 있었으리니
그 순결하고 우아한 기백은
이 울울鬱鬱한 대기 속에 봄안개처럼 엉기어 있었으리니
그 인고하고 엄숙한 뿌리는
지핵地核의 깊은 동통을 가만히 견디고 호올로 묻히어 있
었으리니

수선화여 나는 너 우에 허리 굽혀
사람이 모조리 잊어버린
어린 인자人子의 철없는 미소와 반짝이는 눈동자를 보나니
하여 지금 있는 이 초췌한 인생을 믿지 않나니
또한 이것을 기어코 슬퍼하지도 않나니
오오 수선화여 나는
반드시 돌아올 본연한 인자의 예지와 순진을 너게서
믿노라

수선화여
몇 떨기 가난한 꽃이여
뉘 몰래 쓸쓸한 내 방 한편에 피었으되
그 한없이 청초한 자태의 차거운 영상을
가만히 온 누리에 투영하고
이 엄한嚴寒의 절후節候에
멀잖은 봄 우주의 큰 뜻을 예약하는
너는 고요히 치어든 경건한 경건한 손일레라

2

산 1

그의 이마에서부터
어둔 밤 첫 여명이 떠오르고
비 오면 비에 젖는 대로
밤이면 또 그의 머리 우에
반디처럼 이루날는 어린 별들의 찬란한 보국譜局을 이고
오오 산이여
앓는 듯 대지에 엎드린 채로
그 고독한 등을 만 리 허공에 들내어
묵연히 명목瞑目하고 자위하는 너
— 산이여
내 또한 너처럼 늙노니

울릉도

동쪽 먼 심해선深海線 밖의
한 점 섬 울릉도로 갈꺼나

금수錦繡로 굽이쳐 내리던
장백長白의 멧부리 방울 뛰어
애달픈 국토의 막내
너의 호젓한 모습이 되었으리니

창망蒼茫한 물굽이에
금시에 지워질 듯 근심스리 떠 있기에
동해 쪽빛 바람에
항시 사념思念의 머리 곱게 씻기우고

지나 새나 뭍으로 뭍으로만
향하는 그리운 마음에
쉴 새 없이 출렁이는 풍랑 따라
밀리어 오는 듯도 하건만

멀리 조국의 사직社稷의
어지러운 소식이 들려올 적마다,

어린 마음의 미칠 수 없음이
아아 이렇게도 간절함이여

동쪽 먼 심해선 밖의
한 점 섬 울릉도로 갈꺼나

복사꽃 피는 날

한풍寒風은 까마귄 양 고목에 걸려 남아 있고
조망眺望은 흐리어 음우陰雨를 안은 조춘早春의 날
내 호젓한 폐원廢園에 와서
가느다란 복숭아 마른 가지에
새빨갛게 봉오리 틀어오름을 보았나니
오오 이 어찌 지극한 감상이리오
춘정春情은 이미 황막한 풍경에 저류低流하여
이 가느다란 생명의 가지는 뉘 몰래 먼저
열 여덟 아가씨의 풋마음 같은
새빨간 순정의 봉오리를 아프게도 틀거니
오오 나의 우울은 고루하여 두더지
어찌 이 표묘漂渺한 계절을 등지고서
호올로 애꿏이 가시길을 가려는고

오오 복사꽃 피는 날 온종일을
암癌같이 걸리는 나의 심사心思여

청령가蜻蛉歌

— 정향丁香에게

고추잠자리 고추잠자리
무슨 보람이 이뤄져 너희 되었음이랴

노을 구름 비껴 뜬 석양 하늘에
잔잔히 눈부신 마노瑪瑙빛 나래는
어느 인류의 쌓은 탑이
아리아리 이에 더 설으랴

덧없는 목숨이매
소망일랑 아예 갖지 않으매
요지경같이 요지경같이
높게 낮게 불타는 나의

―노래여
뉘우침이여

마지막 항구

어디를 가도 애터지게 불어쌓는 바람이여
끝끝내 날 죽일 바람이여
꿈도 보람도 깡그리 불리우고
흘러흘러 드디어 예까지 왔노니

여기는 나의 청춘의 마지막 항구
오만 기폭은 일제 날 따라
한 가지 향을 하고 못 견디어 퍼덕여라

마침내 옷자락같이 찢기인
나의 목숨이 깃대에서 사라지는 날
바람이여 실상 나는 너 안에
이미 붉은 장미의 무덤을 지녔더니라

모란꽃 이우는 날

생각은 종일을 봄비와 더불어 하염없어
뒷산 솔밭을 묻고 넘쳐 오는 안개
모란꽃 뚝뚝 떨어지는 우리 집 뜨락까지 내려.

설령 당신이 이제
우산을 접으며 방긋 웃고 사립을 들어서기로
내 그리 마음 설레이지 않으리.
이미 허구한 세월을
기다림에 이렇듯 버릇 되어 살므로.

그리하여 예사로운 이웃처럼 둘이 앉아
시절 이야기 같은 것
예사로이 웃으며 주고받을 수 있으리.
이미 허구한 세월을
내 안에 당신과 결하여 살므로.

모란은 뚝뚝 정녕 두견처럼 울며 떨어지고
생각은 종일을 봄비와 더불어 하염없어
이제 하마 사립을 들어오는 옷자락이 보인다.

봄바다

한창 꿀벌이 닝닝거리는 살구꽃이 피어 있는
여기 동대신동東大新洞 한 모퉁이 채마밭 옆댕길을
시방 나비가 앞서 가고 내가 따라가고
머리를 돌리면 멀리 거리 위에 치쳐 오른
아아 묘묘한 봄바다 푸른 수평선

행복은 이렇게 오더니라

마침내 행복은 이렇게 오더니라

무량한 안식을 거느린 저녁의 손길이
집도 새도 나무도 마음도 온갖 것을
소리 없이 포근히 껴안으며 껴안기며—

그리하여 그지없이 안온한 상냥스럼 위에
아슬한 조각달이 거리 위에 내걸리고

등불이 오르고
교회당 종이 고요히 소리를 흩뿌리고.

그립고 애달픔에 꾸겨진 혼 하나
이제 어디메에 숨 지우고 있어도,

행복은 이렇게 오더니라,
귀를 막고—

그리운 외로운 사람은
또한 그렇게 죽어 가더니라.

동해안에서

백일白日은 중천에 걸리어 나의 무료에 연連하고
망망한 조수는 헛되이 간만을 거듭하여 지표地表를 씻는 곳
여기는 나의 적요의 공동空洞
투명히 절연체된 망각의 변애邊涯어니
의미 없는 애수는 드디어 묘막渺漠하여 돌아오지 않고
오로지 무념한 고독은 한 마리 소해小蟹에 멸하나니
나는 호올로 이 무인無人한 백사白沙 우에
걸인처럼 인생을 나태하노라

정적 靜寂

불타는 듯한 정력에 넘치는 칠월달 한낮에
가만히 흐르는 이 정적이여

마당가에 굴러 있는 한 적다란 존재—
내려쪼이는 단양 아래 점점이 쪼그린 적은 돌멩이여
끝내 말 없는 내 넋의 말과 또 그의 하이함을
나는 너게서 보노니
해가 서쪽으로 기울어짐에 따라
그림자 알풋이 자라나서
아아 드디어 온 누리를 둘러싸고
내 넋의 그림자만의 밤이 되리라

그러나 지금은 한낮, 그림자도 없이
불타는 단양 아래 쪼그려
하이한 하이한 꿈에 싸였나니
적은 돌멩이여, 오오 나의 넋이여

3

춘신 春信

꽃동인 양 창 앞에 한 그루 피어오른
살구꽃 연분홍 그늘 가지 새로
적은 멧새 하나 찾아와 무심히 놀다 가다니

적막한 겨우내 들녘 끝 어디메서
적은 깃을 얽고 다리 오그리고 지내다가
이 보오얀 봄길을 찾아 문안하여 나왔느뇨

앉았다 떠난 아름다운 그 자리 가지에 여운 남아
뉘도 모를 한때를 아쉽게도 한들거리다니
꽃가지 그늘에서 그늘로 이어진 끝없이 적은 길이여

문을 바르며

울가에 황국黃菊도 이미 늦은 뜰에 내려
겨울맞이 문장지를 바르노라면
하얀 종이의 석양볕에 눈에 스밈이여.

첫째는 시집가고
둘째는 타관으로 보내고
한 겹 창호지로도 족히
몇 아닌 식구의
추위와 욕됨을 가릴 수 있겠거늘
아내여
가난함에 애태우지 말라.
또한 가난함에 허물 있지 말라
진실로 빈한貧寒보다 죄 된
숫한 불의가 있음을 우리는 알거니.

얼른 이 문짝을 발라 치우고
저녁놀이 뜨거들랑
뒷산 언덕에 올라
고운 꼭두서니 빛으로 물든 먼 세상의
사람들의 사는 양을 바라다 구경하자

가마귀의 노래

내 오늘 병든 짐승처럼
치운 십이월의 벌판으로 호올로 나온 뜻은
스스로 비노悲怒하여 갈 곳 없고
나의 심사를 뉘게도 말하지 않으려 함이로다

삭풍에 늠렬凜烈한 하늘 아래
가마귀 떼 날아 앉은 벌은 내버린 나누어
대지는 얼고
초목은 죽고
온 것은 한 번 가고 다시 돌아올 법도 않도다

그들은 모두 뚜쟁이처럼 진실을 사랑하지 않고
내 또한 그 거리에 살아
오욕을 팔아 인색吝嗇 돈을 버리려 하거늘
아아 내 어디메 이 비루한 인생을 육시戮屍하료

증오하여 해도 나오지 않고
날씨마저 질타하듯 치웁고 흐리건만
그 거리에는 다시 돌아가지 않으려노니
나는 모자를 눌러 쓰고 가마귀 모양
이대로 황막한 벌 끝에 남루히 얼어붙으려노라

점경點景에서

들창 넘에 담장
담장 우에 호박넝쿨
그리고 이 강건한 손바닥 같은
푸른 호박잎에 담뿍 받힌 벽공碧空의 일각—
이 얼마 안 된 평범한 정경은
조금하면 잊혀지기 쉬운 이 청빈한 가족에게
다만 하나 계절에의 생기로운 통풍공通風孔

항상 미덥고 부지런한 아내의 하루의 스케듈은
이 점경의 청담晴曇에 따라 정하여지고
때론 일편청운一片靑雲이 머뭇는 저 궁륭을
커다란 잠언처럼 사나이는 우르르노라

오늘의 이 간난과 불여의不如意를
스스로 안직安直하여 미봉함이 아니라
또한 차질蹉跌에 호올로 애상哀傷짐도 아니라

아무리 가혹한 핍박의 저류에 잠기었어도
끝내 흐리잖는 명료한 이념은
끝없는 고독에 옥석玉石처럼 눈을 뜨고

항상 높은 긍지를 가져 자신을 지키고
온갖 있는 것을 깊이 애착하며
명확히 계절을 인식하여 내일에—
저 요원한 인생의
운표雲表에 솟은 그윽한 바비론을 바라보노라

둘째야 가엾게도
그렇게 앓아서 못 견디느냐
내일은 일요일—
(—홍역에는 가재가 좋다니!)
나는 산골을 찾아가서 가재를 잡아오리라
한나절 들판의
강냉잇대 이파리 빛나는 밭 두덩을 지나서
산머리에 조으는 구름을 바라보고
이 모처럼 하루의 반날을
내만의 외로움에 휘파람 불며 다녀오리라

병처

아픈가 물으면 가늘게 미소하고
아프면 가만히 눈감는 아내—
한 떨기 들꽃이 피었다 시들고 지고
한 사람이 살고 병들고 또한 죽어가다
이 앞에서는 전 우주를 다하여도 더욱 무력한가
내 드디어 그대 앓음을 나누지 못하나니

가만히 눈감고 아내여
이 덧없이 무상한
골육骨肉에 엉기인 유정有情의 거미줄을 관념하며
요료遙蔘한 태허太虛 가운데
오직 고독한 홀몸을 응시하고
보지 못할 천상의 아득한 성망星芒을 지키며
소조蕭條히 지저地底를 구우는 무색無色 음풍陰風을 듣는가
하여 애련의 야윈 손을 내밀어
인연의 어린 새 새끼들을 애석하는가

아아 그대는 일찍이
나의 청춘을 정열한 한 떨기 아담한 꽃
나의 가난한 인생에

다만 한 포기 쉬일 애증의 푸른 나무러니
아아 가을이런가
추풍은 소조히 그대 위를 스쳐 부는가

그대 만약 죽으면―
이 생각만으로 가슴은 슬픔에 짐승 같다
그러나 이는 오직 철없는 애정의 짜증이러니
진실로 엄숙한 사실 앞에는
그대는 바람같이 사라지고
내 또한 바람처럼 외로이 남으리니
아아 이 지극히 가까웁고도 머언 자여

일월日月

나의 가는 곳
어디나 백일白日이 없을쏘냐

머언 미개未開 적 유풍遺風을 그대로
성신星辰과 더불어 잠자고

비와 바람을 더불어 근심하고
나의 생명과
생명에 속한 것을 열애하되
삼가 애련에 빠지지 않음은
— 그는 치욕임일레라

나의 원수와
원수에게 아첨하는 자에겐
가장 좋은 증오를 예비하였나니

마지막 우러른 태양이
두 동공瞳孔에 해바라기처럼 박힌 채로
내 어느 불의에 짐승처럼 무찔리[屠]기로

오오 나의 세상의 거룩한 일월에
또한 무슨 회한인들 남길쏘냐.

새에게

아아 나는 예까지 내쳐 왔고나
북만주도 풀 깊고 꿈 깊은
허구한 세월을 가도 가도 인기척 드문 여기
여기만의 외로운 세상의 복된 태양인 양 아낌없는 햇빛에
바람 절로 빛나고 절로 구름 흐르고
종일 두고 우짖고 사는 벌레소리 새소리에
웃티 벗어 팔에 끼고 아아 나는 드디어 예까지 왔고나
마음 외로운 대로 내 푸른 그늘에 앉아 쉬노라면
한 마리 멧새 가지에 와 하염없이 노래 부르나니
새야 적은 새야
이 호호浩浩한 대기 가운데 그 한량없는 노래는
아아 뉘를 위하여 부르는 게냐 누구에게 드리는 영광이냐
내게는 오직 오물 같은 오장五臟과 향수와 외롭고 부끄럼
만이 있거늘—

새야 적은 새야
너는 또한 그 자리를 떠나면 혈혈히 어디메로 가서
푸른 그늘 우거진 곳에 앉아 이제 멈춘 노래—
한량없는 신의 은총과 평화와 광명의 사연을 다시 풀이
하여 들릴 게냐

그리고 밤이면 푸른 별빛 곁에서

그 지극히 안식한 앉음새로 푸른 별과 더불어 고운 꿈자리를 이룰 게냐

아아 하늘 땅 사이 이렇듯 적적히 흘러넘치는 햇빛 가운데서도

내사 가질 바 몸매 하나 갖추지 못하고

아아 이 외로운 길을 지향 없이 가야만 하느니

나는 내쳐 가야만 하느니

출생기

검정 포대기 같은 까마귀 울음소리 고을에 떠나지 않고
밤이면 부엉이 괴괴히 울어
남쪽 먼 포구의 백성의 순탄한 마음에도
상서롭지 못한 세대의 어둔 바람이 불어오던
융희隆熙 2년!

그래도 계절만은 천년을 다채多彩하여
지붕에 박 넌출 남풍에 자라고
푸른 하늘엔 석류꽃 피 뱉은 듯 피어
나를 잉태한 어머니는
짐짓 어진 생각만을 다듬어 지니셨고
젊은 의원인 아버지는
밤마다 사랑에서 저릉저릉 글 읽으셨다

왕고모댁 제삿날 밤 열나흘 새벽 달빛을 밟고
유월이가 이고 온 제삿밥을 먹고 나서
희미한 등잔불 장지 안에
번문욕례煩文辱禮 사대주의의 욕된 후예로 세상에 떨어졌
나니

신월新月같이 슬픈 제 족속의 태반을 보고
내 스스로 고고呱呱의 곡성을 지른 것이 아니런만
명命이나 길라 하여 할머니는 돌메라 이름 지었다오

매화나무

겨우 소한小寒을 넘어선 뜰에 내려
매화나무 가지 아래 서서 보니
치운 공중에 가만히 뻗고 있는
그 가녀린 가지마다에
어느새 어린 꽃봉들이 수없이 생겨 있다

밤이면은 내가 새벽마다 일어 앉아
싸늘한 책장을 손끝으로 넘기며 느끼는
엊저녁 그 모색暮色 속 한천寒天 아래 까무러치듯
외로이도 얼어붙던 먼 산산山山들!
그러면서도 무엔지
아련하고도 따뜻이 마음 뜸 돌던 느낌을
이 가지들도 느껴 왔는지 모른다

오늘도 표연히 집을 나서
어디고 먼 바닷가에나 가서
그 바다의 양양함을 바라보고
홀로의 생각에 젖었다 오고픔!
이런 수럿한 심정도 어쩌면
저 가지들을 바라보고 있을 적에

내가 느껴 배운 것인지도 모른다

매운 바람결이 몰려 닿을 적마다
어린 꽃봉들을 머금은 가녀린 가지는
외로움에 스스로 다쳐서는 안 된다!고
살래살래 타이르듯 흔들거린다

학

나는 학이로다

박모薄暮의 수묵색 거리를 가량이면
슬픔은 멍인 양 목줄기에 맺히어
소리도 소리도 낼 수 없누나

저마다 저마다 마음속 적은 고향을 안고
창창蒼蒼한 담채화 속으로 흘러가건만
나는 향수할 가나안의 복된 길도 모르고

꿈 푸르른 솔바람 소리만
아득한 풍랑인 양 머리에 설레노니

깃은 남루하여 올빼미처럼 춥고
자랑은 호올로 높으고 슬프기만 하여
내 타고남이 차라리 욕되도다
어둑한 저잣가에 지향 없이 서량이면
우러러 밤서리와 별빛을 이고
나는 한 오래기 갈대인 양

— 마르는 학이로다

4

북방추색北方秋色

먼 북쪽 광야에
크낙한 가을이 소리 없이 내려서면

잎잎이 몸짓하는 고량高粱밭 십 리 이랑 새로
무량한 탄식같이 떠오르는 하늘!

석양 두렁길을 호올로 가량이면
애끓이도 눈부신 제 옷자락에

서른여섯 나이가 보람 없이 서글퍼
이대로 활개치고 만리라도 가고지고

인가의 나무

까만 눈동자
능금볼
한량없이 귀여운 아기 너는
무어라 이름하는 나무의
그 가지의 가지 끝에 열린 열매이냐

어느 심야
빈손 무無에서 엄마 아빠가
너를 빚은 도취의 작업이야
짐짓 마술 아니면
신기神技

신인들——
허황한 신이여 재간 있거든
이렇듯 완미完美하고도
무한한 가능에의 희망을
지어서 정녕 보여 보이라

아빠로는 뜸직한 나무 곁에
무량한 애정의 샘

엄마의 젖가슴에만 묻히어 의심 없는
──그러기에 젊은 엄마의 젖무덤은 그리 아름다운가
아스라이 물기 서린 어린 별

저 아득한 시생대로부터
원생대─고생대─중생대─신생대──
신생대만도 팔천만 년의 그 어디메 막바지 지층
겨우 직립원인의 뼈부스러기과 소박한 돌연장 토막과……
도시 묘연한 족적의 경로를 광막히 탈출하여 여기
그리고도 더욱
무한한 가능에의 문구門口에
고사리손을 한 너는
정녕 무어라 이름하는 나무의
그 떡잎이냐

별

가슴을 저미는 쓰라림에
너도 말 없고 나도 말 없고
마지막 이별을 견디던 그날 밤
옆 개울물에 무심히 빛나던 별 하나!

그 별 하나이
젊음도 가고 정열도 다 간 이제
뜻않이도 또렷이
또렷이 살아나——

세월은 흘러가도
머리칼은 희어가도
말끄러미 말끄러미
무덤가까지 따라올 그 별 하나!

세월

끝내 올 리 없는 올 이를 기다려
여기 외따로이 열려 있는 하늘이 있어

하냥 외로운 세월이기에
나무그늘 아롱대는 뜨락에
내려앉는 참새 조찰히 그림자 빛나고

자고 일고
이렇게 아쉬이 삶을 이어감은
목숨의 보람 여기 있지 아니함이거니

먼 산에 우기雨氣 짙을 양이면
자욱 기어드는 안개 뙤창을 넘어
나의 글줄 행결 고독에 근심 배이고

끝내 올 리 없는 올 이를 기다려
외따로이 열고 사는 세월이 있어

북두北斗

장독대 그늘에 석회같이 엉겼던 저녁 으스름이 기척 없이 번져 자라, 걷기를 잊은 바자의 빨래, 어둠의 밀물에 하나 둘 하얗게 떠오를 때면 어디선지 귀또리 은밀한 은실을 잦기 시작하는 우리 집 두실斗室 좌현 나즉히 북두의 찬란한 산호珊瑚가지는 어느덧 그 끝머리를 살째기 내미나니

이리하여 밤마다, 내가 창窓장을 내리고 등불에 마주앉아 글을 읽거나 이슥하여 등을 죽이고 베개에 머리 얹고 하잘 것없는 꿈을 맺을 때나 그는 나의 자리의 변두리에 아련히 푸른 그늘의 호弧를 그리며 아득히 먼 천정天頂을 고요히 맴돌고 있나니

이렇게 밤마다 나의 꿈자리의 기슭을 은밀히 꾸며주는 일곱 개 단추 같은 별이여, 신비로운 열쇠 모양의 별이여, 너는 나와에 무슨 알지 못할 인연을 맺고 있으며 또한 날더러 그 무엇을 끄르[解]라는 말이냐

황혼

황혼은 다시
거룩한 성자처럼 내려서다.

보라, 그를 맞이하여
숲들은 잎새 하나 까딱 않고
참새들도 삼가 소리를 죽이고

아아 우리는
이 성스럽고 송구한 손님을
어찌 마음 잊고만 있었는가.

이제 문전에 와 조용히 서니
아이야 얼른 나가 영접해 들여라
내 마음 다하여 이 밤을 긴히 모시리.

―황혼은 다시
거룩한 성자처럼 팔 벌리고 우리 앞에 서다.

밤비 소리

—아니, 아니라는 것이다.
—아니, 아니라는 것인가?

겨웁도록 네가 생각는 것이 아니라는 것이다.
겨웁도록 내가 생각는 것이 아니라는 것인가?

그렇게 애닯게 살아서는 아니라는 것이다.
이렇게 애닯게 살아서는 아니라는 것인가?

알고 보면 목숨이란 그런 것이 아니라는 것이다.
알고 보면 목숨이란 이런 것이 아니라는 것인가?

애당초 네 생각이 아니라는 것이다.
애당초 내 생각이 아니라는 것인가?

그래서 너는 시를 쓴다?

서울 상도동上道洞 산번지山番地를 나는 안다
그 근처엔 내 딸년이 사는 곳

들은 대로 상도동행 버스를 타고 한강 인도교를 지나 영
등포 가도를 곧장 가다가 왼편으로 꺾어지는 데서 세 번째
정류소에 내려 그 정류소 바로 앞 골목 언덕배기 길을 길바
닥에 가마니 거적을 깔고 옆에서 우는 갓난아기를 구박하고
앉아 있는 한 중년 사나이 곁을 지나 올라가니 막바지 상도
동 K 교회당 앞에 낡은 판자로 엉성히 둘러 가리운 뜰 안에
몇 가구가 사는지 그 한편 마루 앞 내 셋째딸 년의 되는 대
로 걸쳐 입은 뒷모습

　　—이 새끼 또 밥 달라고 성화할 테냐 죽여버린다
　　—엄마 다시는 밥 안 달라께 살려줘

그 상도동 산번지 어디에서 한 굶주린 젊은 어미가 밥 달
라고 보채는 어린 것을 독기에 받쳐 목을 졸라 죽였다고

　　—이 새끼 또 밥 달라고 성화할 테냐 죽여버린다
　　—엄마 다시는 밥 안 달라께 살려줘

그러나 그것은 내 딸자식이요 손주가 아니라서 너는 오늘도 아무런 죄스럼이나 노여움 없이 삼시 세끼를 챙겨 먹고서 양복바지에 줄을 세워 입고는 모자를 얹고 나설 수 있는 것인가 그리고는 어쩌면 네가 말할 수 없이 값지다고 믿는 예술이나 인생을 골똘히 생각하는 것인가

　그러나 이 순간에도 굶주림에 개같이 지쳐 늘어진 무수한 인간들이 제 새끼를 목 졸라 죽일 만큼 독기에 질린 인간들이 그리고도 한마디 항변조차 있을 수 없이 꺼져가는 한겨레라는 이름의 인간들이 영락없이 무수히 무수히 있을 텐데도 그 숫자나마 너는 파적거리라도 염두에 올려본 적이 있는가

　그러나 한편으로 끼니는 끼니대로 얼마나 배불리 먹고도 연희가 있어야 되고 사교가 있어야 되고 잔치가 있어야 되고— 그래서 진수성찬이 만판으로 남아돌아가듯이 국가도 있어야 되고 대통령도 있어야 되고 반공도 있어야 되고 질서도 있어야 되고 그 우스운 자유 평등도 문화도 있어야만 되는 것

─이 새끼 또 밥 달라고 성화할 테냐 죽여버린다
　　─엄마 다시는 밥 안 달라께 살려줘

　　그러므로 사실은 엄숙하다 어떤 국가도 대통령도 그 무
엇도 도시 너희들의 것은 아닌 것
　　그 국가가 그 대통령이 그 질서가 그 자유 평등 그 문화
그밖에 그 무수한 어마스런 권위의 명칭들이 먼 후일 에덴
동산 같은 꽃밭사회를 이룩해놓을 그날까지 오직 너희들은
쓰레기로 자중해야 하느니

　　그래서 지금도 너의 귓속엔
　　─이 새끼 또 밥 달라고 성화할 테냐 죽여버린다
　　─엄마 다시는 밥 안 달라께 살려줘, 고
　　저 가엾은 애걸과 발악의 비명들이 소리소리 울려 들리
는데도 거룩하게도 너는 시랍시고 문학이랍시고 이따위를
태연히 앉아 쓴다는 말인가

미사의 종

호! 호! 호교!
호! 호! 호교!

꾀꼬리가 운다
미사의 종이 운다
진종일을 풍뎅이처럼 우악스런 소음을 내깔기며 쏘다니
는 전차 자동차도 채 잠깨어 나오기 전, 이제사 겨우 동쪽
새벽문門이 열리어 밤의 흡족한 어둠이 넓은 장안長安에서
아물아물 걷히려는 무렵, 인왕산 기슭 숲 쪽에서, 상기 함초
롬히 안식의 이슬에 젖은 단잠에서 썩 깨나지 못한 여명의
여린 공기를 낭랑히 파동波動 굴르며 멀리 가까이

꾀꼬리가 운다.
미사의 종이 운다.

호! 호! 호교!
호! 호! 호교!

이는 어느 뉘를 위하여 노래 불러 드림이 아니라, 오직 하나 불켜임 받은 자신의 생명을 지상의 기쁨과 단성을 다하여 하루의 첫문॥ 앞에 나와 서서 찬송함이어니

사람이여 사람이여 들으라.

호! 호! 호교!
호! 호! 호교!

꾀꼬리가 운다.
미사의 종이 운다.

고독

어디로 갔느냐, 사랑하는 자들이여, 나도 모를 어느 사이 어디로 다들 가버리고 말았느냐.

그 빛나는 세월과 더불어 그지없이 즐거웁던 나의 노래여, 매미의 울음이여, 가벼운 잠자리여, 제비 떼여, 명멸하던 나비의 채색이여, 한량없이 벅찬 남풍의 가슴이여.
어디로 죄다 자취 없이 사라지고 말았느냐.

어느 아침 내 문득 나의 둘레를 살펴보고 나를 에워있던 그 모든 것들 다 간곳없곤
아무리 내저어도 닿을 것 없는 크낙한 공허 속에 내 홀로 놓였음을 보았나니.
이제는 발아래 내리는 낙엽만 짙어오고 긴긴 밤을 다시 은총 같은 고독에 나는 우러러 섰다.

아아 너희들은 어디로 다 가고 말았느냐.

5

치자梔子꽃

저녁 으스름 속의 치자꽃 모양
아득한 기억 속 안으로
또렷이 또렷이 살아있는 네 모습
그리고 그 너머로
뒷산 마루에 둘이 앉아 바라보던
저물어가는 고향의 슬프디슬픈 해안통海岸通의
곡마단의 깃발이 보이고 천막이 보이고
그리고 너는 나의, 나는 너의 눈과 눈을
저녁 으스름 속의 치자꽃 모양
언제까지나 언제까지나 이렇게 지켜만 있는가

항가새꽃

어느 그린 이 있어 이같이 호젓이 살 수 있느니 항가새꽃
여기도 좋으이 항가새꽃 되어 항가새꽃
생각으로 살기엔 내 여기도 좋으이
하세월 가도 하늘 건너는 먼 솔바람소리도 내려오지 않
는 빈
골짜기
어느 적 생긴 오솔길 있어도 옛같이 인기척 멀어
멧새 와서 인사 없이 빠알간 지뤄씨 쪼다 가고
옆엣 덤불에 숨어 풀벌레 두고두고 시름없이 울다 말 뿐
스며오듯 산그늘 기어내리면 아득히 외론 대로 밤이 눈
감고 오고
그 외롬 벗겨지면 다시 무한 겨운 하루가 있는 곳
그대 그린 항가새꽃 되어 항가새꽃 생각으로 살기엔 여
기도 즐거웁거니
아아 날에 날마다 다소곳이 늘어만 가는
항가새꽃 항가새꽃

너에게

물같이 푸른 조석朝夕이
밀려가고 밀려오는 거리에서
너는 좋은 이웃과
푸른 하늘과 꽃을 더불어 살라

그 거리를 지키는 고독한 산정山頂을
나는 밤마다 호올로 걷고 있노니
운명이란 피할 수 없는 것이 아니라
진실로 피할 수 있는 것을 피하지 않음이 운명이니라

바다

이것뿐이로다
억만 년 가도
종시 내 가슴 이것뿐이로다
온갖을 내던지고
내 여기에 펼치고 나 누웠노니
오라 어서 너 오라
밤낮으로 설레어 스스로도 가눌 길 없는
이 설은 몸부림의 노랫소리가 들리지 않느냐

오직 높았다 낮았다 눌러 덮은
태초 생겨날 적 그대로의 한 장 비정의 하늘 아래
구할 길 없는 절망과 회오와 슬픔과 노염에
찢고 뒹굴고 부르짖어 못내 사는 나
때로는 스스로 달래어
무한한 온유의 기름 되어 창망히 잦아 누운 나
아아 내 안엔
낮과 밤이 으르대고 함께 사노라
오묘한 오묘한 사랑도 있노라
삽시에 하늘을 무찌르는 죽음의 포효도 있노라

아아 어느 아슬한 하늘 아랜
만 년을 다물은 채 움찍 않고
그대로 우주 되어 우주를 우러러 선 산악이 있다거니
오라 어서 너 오라
어서 와 그 산악처럼 날 달래어 일깨우라
아아 너 오기 전에
나는 영원한 광란의 불사신
여기 내 가슴 있을 뿐이로다

선善한 나무

내 언제고 지나치는 길가에 한 그루 남아 선 노송老松 있어 바람 있음을 조금도 깨달을 수 없는 날씨에도 아무렇게나 뻗어 높이 치어든 그 검은 가지는 추추啾啾히 탄식하듯 울고 있어, 내 항상 그 아래 한때를 머물러 아득히 생각을 그 소리 따라 천애天涯에 노닐기를 즐겨하였거니, 하룻날 다시 와서 그 나무 이미 무참히도 베어 넘겨졌음을 보았나니

진실로 현실은 이 한 그루 나무 그늘을 길가에 세워 바람에 울리느니보다 빠개어 육신이 더움을 취함에 미치지 못하겠거늘, 내 애석하여 그가 섰던 자리에 서서 팔을 높이 허공에 올려 보았으나, 그러나 어찌 나의 손바닥에 그 유현幽玄한 솔바람소리 생길 리 있으랴

그러나 나의 머리 위, 저 묘막渺漠한 천공에 시방도 오고 가는 신운神韻이 없음이 아닐지니 오직 그를 증거할 선한 나무 없음이 안타까울 따름이로다.

비새

전갈도 없이 아까 너희
흐린 나의 화초밭 새에 나타나
이루 우짖다 가버리더니
이렇게 세찬 비바람을
나는 이제사 맞이하고 깨닫는고야

주사蛛絲

우주란 사유思惟!
무한대한 그 일각에다
한 뼘 은실 그물을 치고
비늘 반짝이는 적은 사상思想을
가만히 지켜 고기잡이하는 자

부활

　문장지 가므레* 나의 머리맡으로 물인 듯 창창히 스며드는 새벽빛이여.

　어제저녁 그렇게도 안타까이 절망에 몰아뜨려 까무러치고야 말더니, 이제 다시 내 곤히 잠결에 잠겼어도 그 기척 아련히 살아 듦을 알겠거니, 은은히 종소리도 울려오며—

　드디어 사망의 집 속에 누웠을 날에도 이렇게 날 일깨워 부르실 소리여.

*) 햇무리의 경북 방언.

석굴암대불石窟庵大佛

목놓아 터트리고 싶은 통곡을 견디고
내 여기 한 개 돌로 눈감고 앉았노니
천 년을 차거운 살결 아래 더욱
아련한 핏줄 흐르는 숨결을 보라

목숨이란! 목숨이란——
억만년을 원願 두어도
다시는 못 갖는 것이매
이대로는 못 버릴 것이매

먼 솔바람
부풀으는 동해 연蓮잎
소요로운 까막까치의 우짖음과
뜻 없이 지새는 흰 달도 이마에 느끼노니

뉘라 알랴!
하마도 터지려는 통곡을 못내 견디고
내 여기 한 개 돌로
적적寂寂히 눈감고 가부좌하였노니.

1908(1세) 7.14(음력) 경남 통영시 태평동 552번지에서 유생인 진주 유씨 준수㖈秀와 어머니 밀양 박씨 우수又守 사이 8남매 중 차남으로 출생.

1918(11세) 외가 사숙私塾에서 한문 공부를 하다가 10세에 동영보통학교 입학.

1922(15세) 통영보통학교 4학년을 마치고 일본으로 건너가 풍산豊山중학교 입학.

1923(16세) 가형 동랑 유치진이 주도하는 <토성> 지에 고향 문우들과 시를 발표.

1925(18세) 풍산중학교 4학년을 마치고 귀국. 동래고등보통학교 5학년 편입학.

1927(20세) 동래고등보통학교 5학년 졸업(제4회).

1928(21세) 연희전문학교 문과 입학, 중퇴. 다시 일본으로 건너가 사진학원에 다님.

1929(22세) 4월, 안동 권씨 재순 여사와 결혼.

1930(23세) 9월, 가형 동랑과 함께 간행한 회람지 <소제부>에 시 「축복」 등 26편 발표.

1931(24세) ≪문예월간≫ 제2호에 시 「정적」을 발표하며 등단.

1937(30세) 문예동인지 <생리>를 장응두, 최상규 등과 함께 발간. 통영협성상업고등학교 교사 취임.

1939(32세) 12월, 『청마시초』(청색지사) 간행.

1940(33세) 3월, 통영협성고등학교 교사 사임. 만주 빈강성 연수현으로 이주, 농장 관리 및 정미소 경영.

1945(38세) 6월 말 귀국. 부인이 통영문화유치원을 경영. 9월, 통영문화협회를 조직, 초대 회장 역임. 10월, 통영여자중학교 교사로 부임. 이후 교직에 종사.

1946(39세) 청년문학가협회 초대 부회장. 동인지 『죽순』 창간호에 시 「6년 후」 「동정冬庭」 발표.

1947(40세) 제1회 청년문학가협회 시인상 수상. 6월, 시집 『생명의 서』(행문사) 간행. 청년문학가협회 2대 회장.

1948(41세) 4월, 경남 안의중학교 교장으로 취임. 9월, 시집 『울릉도』(행문사) 간행,

1949(42세) 5월, 시집 『청령일기』(행문사) 간행. 제2회 서울특별시 문화상 수상

1950(43세) 6.25동란으로 부산으로 피난, 문인구국대를 조직, 국군 제3사단에 소속 종군함.

1951(44세) 9월, 시집 『보병과 더불어』(문예사) 간행.

1953(46세) 4월, 통영으로 이주. 시집 『예루살렘의 닭』(산호장) 간행.

1954 (47세) 4월, 대한민국 예술원 회원 피선.
시집 『기도가』와 『행복은 이렇게 오더니라』의
합본호인 『청마시집』(문성당) 간행.

1955 (48세) 2월, 경주고등학교 교장 취임.

1956 (49세) 3월, 제1회 경북문화상 수상.

1957 (50세) 3월, 한국시인협회 초대 회장에 피선.
12월, 시집 『제9시집』(한국출판사) 간행.

1958 (51세) 제5회 아세아 자유문학상 수상.

1959 (52세) 3월, 한국시인협회 회장 재피선.
수상록 『동방의 느티』(신구문화사) 간행.
9월, 경주고등학교 교장 사임.
12월, 자작시 해설총서 『구름에 그린다』(신흥
사) 간행.

1960 (53세) 12월, 시집 『뜨거운 노래는 땅에 묻는다』(동서
문화사) 간행.

1961 (54세) 5월, 경주여자중고등학교 교장 취임.

1962 (55세) 3월, 대구여자고등학교 교장 취임.
7월, 제7회 대한민국 예술원상 수상.

1963 (56세) 한국예술단체총연합회 경북지부장 피선.
7월, 경남여자고등학교 교장 취임.
12월, 수필집 『나는 고독하지 않다』(평화사) 간행.

1964(57세) 11월, 시집『미루나무와 남풍』(평화사) 간행, 12월, 부산시문화상 수상.

1965(58세) 4월, 부산남여자상업고등학교 교장 취임. 11월, 시선집『파도야 어쩌란 말이냐』(평화사) 간행.

1967(60세) 2월 13일 오후 9시 30분 부산시 동구 좌천동 앞길에서 교통사고로 타계. 경남 거제시 방하리 산록에 묘지가 있음.

〚한국대표명시선100〛을 펴내며

한국 현대시 100년의 금자탑은 장엄하다. 오랜 역사와 더불어 꽃피워온 얼·말·글의 새벽을 열었고 외세의 침략으로 역경과 수난 속에서도 모국어의 활화산은 더욱 불길을 뿜어 세계문학 속에 한국시의 참모습을 드러내게 되었다.

이 나라는 글의 나라였고 이 겨레는 시의 겨레였다. 글로 사직을 지키고 시로 살림하며 노래로 산과 물을 감싸왔다. 오늘 높아져 가는 겨레의 위상과 자존의 바탕에도 모국어의 위대한 용암이 들끓고 있음이다.

이제 우리는 이 땅의 시인들이 척박한 시대를 피땀으로 경작해온 풍성한 시의 수확을 먼 미래의 자손들에게까지 누리고 살 양식으로 공급하는 곳간을 여는 일에 나서야 할 때임을 깨닫고 서두르는 것이다.

일찍이 만해는 「님의 침묵」으로 빼앗긴 나라를 되찾고 잃어가는 민족정신을 일으켜 세우는 밑거름으로 삼았으며 그 기룸의 뜻은 높은 뫼로 솟아오르고 너른 바다로 뻗어나가고 있다.

만해가 시를 최초로 활자화한 것은 옥중시 「무궁화를 심고자」(《개벽》 27호 1922.9)였다. 만해사상실천선양회는 그 아흔 돌을 맞아 만해의 시정신을 기리는 일의 하나로 '한국대표명시선100'을 펴내게 된 것이다.

이로써 시인들은 더욱 붓을 가다듬어 후세에 길이 남을 명편들을 낳는 일에 나서게 될 것이고, 이 겨레는 이 크나큰 모국어의 축복을 길이 가슴에 새겨나갈 것이다.

만해사상실천선양회

한국대표명시선100 | 유 치 환

사랑하였으므로 행복하였네라

1판1쇄 발행　2013년　7월 22일
1판10쇄 발행　2023년 11월 22일

지　은　이　유 치 환
뽑　은　이　만해사상실천선양회
펴　낸　이　이 창 섭
펴　낸　곳　시인생각
등 록 번 호　제2012-000007호(2012.7.6)
주　　　　소　고양시 일산동구 호수로 688. A-419호
　　　　　　　ⓟ10364
전　　　　화　050-5552-2222
팩　　　　스　(031)812-5121
이　메　일　lkb4000@hanmail.net

값 6,000원

ISBN　978-89-98047-75-7　03810

※ 이 책은 만해사상실천선양회의 지원으로 간행되었습니다.